KB130715

청어詩人選 209

아내의 꽃밭

차
승
진 시
집

청어

아내의 꽃밭

차
승
진

시
집

시인의 말

내 안에 나를 깨우는 무엇이 머무를 때가 있다.
소위 '뮤즈'라는 그것이 어떤 공간에 기억을 채운다.
상상력은 날개를 달고 하늘이나, 바다를 비상하기도 하는데,
생각이 무게를 달아 어찌할 수 없음을 고백한다.
'여행은 돌아올 집이 있어 즐거움이 더 하듯, 우리 가족들이
나의 울타리가 되어 행복하다.'
못난 글을 칭찬으로 다독여 주신 박재열 교수님께
깊은 감사의 마음을 전하면서…….

2019년 가을 밤에
차승진

차례

2부 언어의 풍경

3부 소풍 같은 인생

4부   오늘 같은 날엔

해설

1부

아내의 꽃밭

소리를 만지는 정우

소리를 듣는 피아노
앞에서
소리를 만지는
정우의 예쁜 손가락

딩동!~
댕동!~

조용히 모여드는
방 안 풍경들
바람이 창을
열면

딩~동 ~
댕~동 ~

소리를 만지는
예쁜 정우의 손가락 사이로

팔랑팔랑 나비가
날고
보송보송 구름이
일고

빨강, 노랑, 보랏빛
무지개 되고

기차 안에서

늦은 밤 기차 안에서
시를 쓴다
나보다 먼저 앉은 옆자리
그 사람

어둠 속 달려가는
기차는 지나온 풍경을 지우고
나는 짧은 시간을 붙들고
펼쳐진 생각들의 조각을 모으고,

한 뼘의 거리에
앉은, 그 사람이 열어놓은 문 앞에서
떠오를 듯 떠오르지 않는,
시를 쓴다

무언가 토해내야 할 언어들
기억 속에 덜컹거리고
더 이상 머무를 수 없는
잠깐의 순간!

수많은 눈동자를 남기고
작별해야 하는, 못다 쓴 행간 속,
그 사람

그녀가 순해지고 있다

가마솥 열기처럼 더워지는
여름

태극선太極扇 바람을 부르는
장미의 가시보다 까칠한
그녀가 부드러워지는
아침

보름달 같은 손주를 품고 있는
아내!

달빛을 업은 별빛을 안은
그녀가 순해지고 있다

장미꽃보다 향기로워지고
있다

데자뷔(deja vu)

어쩌다 마주친 사람이
가슴 흔들 때 있다
잊혀진 기억 되살아나게 하는,

한 번 만난 적 없는
본 적도 없는 어쩐지 본 것만 같은
아, 죽었던 세포 일으켜 세우는,
놀라운 착시錯視

어쩌다 마주친 사람이
가슴 흔들 때 있다
꿈속이나 상상 속이나
숨겨둔 첫사랑이나,

봄날 지천에 돋아나는
연둣빛 새싹들처럼
불현듯 다가와서
가슴 요동치게 하는
그 사람은

아내의 꽃밭

동남쪽 햇살 드는 창가에 아내의
꽃밭이 있습니다
티브이 켜진 거실에 가족들 모여 앉아
밤 이슥토록 브라운관 불빛만
바라보았습니다
어느 날 아내의 꽃밭에
밤새 핀 벚꽃처럼 야생화 꽃 등불
일제히 켜졌습니다

하늘 향한 천상초, 보라색 깨 눈이,
종지 제비꽃, 나도 부추꽃,

아내의 가슴 속 저장된 은밀한 계획들이
희망의 파스텔 빛으로 동동 떠오릅니다
골 깊은 지리산이나, 해풍 부는 남해 금산 자락을
스쳐온 금빛 햇살이 아내의 꽃밭으로
찾아왔습니다

오랜 습관으로 등 돌려 자던 아내의 뒷모습이
돌아가는 팽이처럼 제 자리를 잡습니다
야생화 작은 줄기마다, 유치원 아이들 같은
꽃들이 아내의 가녀린 희망으로 피어나고
있습니다

황금빛 머무는 아내의 꽃밭엔
시들지 않는 보랏빛 꿈이 있습니다
우리 집 온 가족을 불 밝히는 희망의
꽃밭이 있습니다

야생화 향기 그윽한 아내의 꽃밭이
있습니다

매미 소리

매미가 운다
아파트 베란다 숲에서
매 엠, 맴, 매 애 엠, 맴
기억의 스위치 어둔 방 밝히듯
매 엠, 맴, 매 애 엠, 맴

지나쳐 갈 수 없는 투명한 울음 속
양산 펼친, 아득한 구름

매미가 운다.
폭염 식히는 푸른 잎사귀마다
아무도 지울 수 없는 매미들의 낙서

평온한 침실

도둑처럼 엄습하는 막다른 길목

꿈결처럼 치유되는 불치병

매미가 운다.
매 엠, 맴, 매 애 엠, 맴
수박 붉게 익어가는, 한 해의
분. 기. 점.

여름밤의 일기

가마솥에서 갓 쪄낸 감자를
먹는다

흙 속 묻혀있던 감자의 살 색
눈부시다
달빛 같은 하얀 분, 한 입 베어
물면, 입 안 가득 초저녁 별이 뜬다

모깃불 토닥토닥 뽀얀 연기 흐르는
황토 마당 들마루에 누우면, 밤하늘
살포시 홑이불처럼 내리고

외양간 여물통 비운 암소
종발 같은 눈망울 껌뻑일 때마다
찰칵찰칵 가족사진이 담긴다

가마솥 장작불
구수한 밀빵 꿈으로
부풀고
쨍그랑 솥뚜껑 열리는 소리

일제히 시선 모이는 정지문

늦은 밤 가족들 주전부리
채반 받쳐 오시는, 어머니
앞치마 자락
밤하늘 별이 내린다

연서

책갈피 속 누군가 꽂아둔
엽서
잠깐 방을 비운 사이
감쪽같이 숨겨져 있는,
비밀의 연서
누가 이렇게 고운 사연 담아
몰래 책갈피처럼 두고 갔나,

머리맡 더듬어 안경을 끼고
가을빛 물든 긴긴 사연
읽어 내려간다
아무리 읽어도 해독할 수 없는
사연
한 손에 들어오는 앙증맞은
엽서

사랑이란 이렇게 몰래 찾아온
바람!

누워서 그대의
숨겨진 사연 읽을 수 없어
몸을 일으켜 책장 덮으려다
혹여 그대의 숨결 있을까,

책장을 넘기면
아직 물들다 만, 반쯤 찬 단풍잎
책갈피 사이 숨겨져 있네,
시집 속 아내가 숨겨둔,

가을의 붉은 연서 한 잎!

옛 노래 속에

― 장인어른께

흘러간 옛 노래를 들으면
가을 낙엽처럼 쓸쓸해진다
오랜 세월 풍경들이
노랫말 소리에 부스스 눈 비비고
잠에서 깨어난다

맛있는 음식을 먹을 때
누군가 뇌의 미로를 통해
선연하게 읽히듯,
숨겨진 낱말들이 가슴 한쪽
기록되지 못한 낡은 페이지를
넘기고 있다

오늘 밤 라디오의 옛 노래를 들으며
추억 속 그 사람이 흐릿한 불빛처럼
흔들리는,
밤비 내리는 자정 무렵
'안개 낀 밤의 데이트' 애잔한 기타 소리
어둔 밤 빗속을 헤매인다

옥수수 익어가는 밤

반딧불이 마실 나오는 밤
황토 마당 평상에 모여 앉아
장작불 타닥거리는
정지문으로 눈빛이 모인다

마을은 고요히 이부자릴 펴고
달빛은 더 가까이 다가와
어깰 토닥인다

어머니 분주한 발걸음 소리
귓전에 멈추면, 대소쿠리 가득
모락모락 김 오르는
달빛 옥수수

따끈한 옥수수알 오독 씹으면
저음의 하모니카 소리
입가에 울려 나오고,

부엉새 부엉~부엉~ 밤하늘에
퍼지면 고단했던 하루가 일제히
꿈결에 젖는, 옥수수의 추억이
익어가는 밤

잔치국수를 먹으며

우남역 부근에서 아내와
잔치국수를 먹는다
수북이 담긴 국수를 앞에 놓고
아내와 나는 가느다란 국수 가락에
취한다

국수 한 그릇 값이 너무 착해서
아내의 얼굴이 순해 보였는지
채워지지 않는 허기 때문인지,
국물 넘어가는 소리 도망치듯
급하다

테이블 바구니에 담긴 오백 원짜리
삶은 달걀 하나도 선뜻 베풀지
못하는, 허접함에 청양고추를 베어 물며
무엇을 다짐해보는 시간,

후루룩후루룩 눈물 같은
육수를 목 안으로 넘기며 국수 그릇에
잠길 듯
파묻힌 아내의 얼굴

단돈 이천팔백 원 무한보충 국수를
바닥까지 드러내며 흡족해하는
아내의 미소,
휴가철 연분홍빛으로
피어나는 배롱나무꽃이다

가을날의 편지

그대여!
가을빛 물드는 세상엔
바람 소리마저 고요히 젖어 듭니다
어쭙잖은 글로 다 표현할 수
없는, 내 마음은 노란 은행잎으로
흔들립니다

당신과 나란히 걷던 날
우린 서로 아무런 말이 없었지만,
숨겨진 행간 속, 찬란한 무엇이
가슴에 내려와 단풍보다 뜨겁게 물들고
있었습니다

호수에는 물그림자 일렁이고
흐르는 구름이 멈칫거리며 우릴
내려 보곤 했습니다

당신과 마주하던 그 순간,
내 가슴 관통하던 눈빛!

모든 길은 그대의 발걸음으로
열리고, 가을 풀벌레 소리에도
꽃들은 귀를 쫑긋 세웠습니다

아, 당신으로 인하여 하루는 저물겠지만,
오늘을 향한 모든 것은
오로지 그대의 이름으로 어둔 밤을
밝히겠지요

접촉
– 찬영이에게

초등생 찬영이와 목욕탕엘 갔다
아이의 눈에서 할아비의 벗은 몸은
어쩔 수 없는 무방비의 자유

복싱에서 상대의 기습적 잽이 허를
찌르듯, 어른의 돌출된 표피에 대하여
엉겹결에 던지는 아이의 한마디!
이럴 땐 반듯한 순발력이 아이의 호기심을
아이스크림처럼 부드럽게 녹여주는데,
뜨끈한 온탕에서 아이와 큰대자로 누워
서로의 생각에 잠긴다

온탕을 나와 냉탕에 몸을 담근다
할아비를 따라 들어온 아이는
깊은 욕조의 수심에 놀라
내 가슴에 안긴다

'몸과 몸이 마주한 정직한 만남!'

서로가 서로에게 친절한 신호로
응대하는, 심장과 심장의 작은 반란
우린 서로에게 표현하지 못한
우리의 가장 낮은 자세로
안부를 묻는다

"두 근! 두 근!"

스스로 살며시 전달되는,
달콤한 '접촉'

전화

한밤중 전화벨이 울린다
습관처럼 수화기에 귀를 댄다
"여보세요"
어둔 밤 누군가 날 찾아 왔다가
발길 돌리는, 그 사람
모두가 잠든 밤 얼마나 간절하면
수면 속 에너지 일으켜 깨웠을까,
없던 힘 샘솟게 한 속내를 털어놓으려다
주저앉은, 그 사람

언젠가 나도 보이지 않는,
그 사람
등 뒤까지 갔다가 죄인처럼 발길
돌린 날 있었다

감은 눈 또 감아도 보름달처럼 떠오르는
그 사람
닿을 듯 닿지 못하는
한 뼘의 거리

풍경화

아내가 준비한 아침 식탁
가을 들판보다 고운 식감들
섬세한 붓놀림처럼 젓가락 드는 게
안쓰럽다

식욕이 반찬을 당기듯,
달그락달그락 숟가락 소리
가족이 부르는 맛있는 합창

접시에 담긴 노릇하게 구워진
생선 살 담백한 그 맛 입 안 가득
황금빛으로 퍼지면

수초와 수초 사이, 푸른 꿈꾸었을
생선,
어부의 손으로부터 우리 집
식탁에 오른, 그림보다 눈부신
접시에 담긴
풍경화!

가족
– 정우 엄마에게

퇴근 후 아파트 거실문을 여니
대낮처럼 환하다
침침했던 실내를 며늘아기가 새집으로
꾸며 놓았다

세월에 순응해 사는 동안 어두운
전등도 주인을 닮아가고 있었다

집안을 지켜온 불빛의 고통을
바라만 보았던 낡아가는 우리,
세심한 며늘아기의 마음으로 단장된
유리알 같은 집안 풍경

보이지 않는 음지에서, 선한 양심이
자라는 사마리아 여인처럼
주어도 모자라 조바심하는,
그 마음이 가족이라는
'등불'을 밝혀 놓았구나!

과일을 먹으며

둥근 접시에 담아온 과일을
은빛 포크로 찍어 입에 넣는다

그녀의 심성처럼 부드러운 속 살

구름이 머리 위를 지나는
동안, 사랑 한 조각을 입에 넣으려다
내 손을 움켜잡는,
별빛 눈동자!

그렇구나, 달콤한 부드러움 속엔
그것을 지켜온 우주의 기둥이
있었구나,
까만 눈동자의 앙증맞은
너의 심장!

마트에서

여름날,
지옥과 천국 체험하는
대형마트 입구 들어서면
선 · 악은 유리창 두께
차이

손에 들린 아내의 지갑
채워지지 않는 장바구니
채소와 과일값 적힌 매대
넓은 매장 돌고 돌아
계산대 올려진, 아내의
반찬값, 사천이백오십 원

개념 없이 긁어 버린 카드
주점 계산대 올려진, 나의
술값, 사십이만오천 원

저녁 장 보러 나온 아내들
분주한 눈동자의 허기
매장 안, 매달린 소리 없는 벽시계
건너편 은행 앞
고개 숙여 나오는, 빈손의 어느 집
아내

만월

고요히 떠오르는 얼굴

활활 타오르는 욕망의 불덩어리

시작과 끝이 없는 혼돈의 뫼비우스

움직일수록 차오르는 금빛 물결

숨길 수 없는 심장의 파문

자르면 자를수록 움트는 새싹

감추면 감출수록 붉어지는 언어

세상의 쓸쓸함 다 지워버린,

저, 허허로운 위풍당당!

발톱 단장

발톱을 깎는다
온몸을 운반해주는
하인 같은 듬직한 발

그 발을 지켜주는 열 개의 발가락
무심코 바라보는 웃자란 발톱
대개 묻힌 것들은 잊혀지게
마련이다

명절에 한 번 가던, 동네 목욕탕처럼
큰맘 먹고 웃자란 발톱을 깎는다

말 못 할 사연을 고해성사하듯
발톱을 깎으며 돌아오지 못할,
여행객처럼

비장한 각오로 몸의 가장 끝부분을
단장丹粧한다

서호에서

아내와 서호를 응시한다
황하로 잇닿은 강물의 유속으로
낯선 여행객은 술렁이고
수천 년 이어져 온 물들이
나신裸身으로 부대끼며
서로서로 못내 보듬어
그렇게 살아가고 있다

어떤 이는 서호를 그리워하며
집으로 돌아가고 어떤 이는
서호를 끝으로
세상 등지고 떠나갔다

수천 년을 살아가는 떠나지 않을
서호의 부대끼는 강물과
적막의 밤이 오는 그날에
그리움으로 내려 않을
'삼담인월' 서른둘의 눈빛

소동파, 백거이도 찾지 못한
수천 년 서성이는 그 푸른 눈빛,
생각해 보는
항주 서호의 뱃머리

*삼담인월: 상해 항주 '서호'에 세워진 3개의 석등에 비치는 32개 달의 잔영.

부부

어쩌다 농담 한마디 던진 게
말다툼으로 번지는 불같은 사이
아무리 생각해도 이건 아닌데
이건 아닌데. 곰곰이 생각해 보지만,
풀리지 않는 수학 문제 같은 사이

그러다가 휴대전화 벨이 울리고
우리 집 아이들 소리가 들리면
아내의 심상찮은 급격한 저음,

그렇게 막막했던 수학 문제가
봄날에 얼음 풀리듯 사르르 닫힌 문
싱겁게 열리는, 그런 사이

모처럼의 드라이버길
신나게 콧노래 부르며
속도를 높이면,
땡벌처럼 무망질에 탁! 쏘아
붙이는 그런 사이

늦은 밤 살금살금 고양이 걸음으로
방에 들면, 자는 척 감은 눈으로
슬며시 돌아눕는,
어머니 같은 그런 사이

2부

언어의 풍경

그 섬에서

그 섬에 간다
멋진 풍경 따라오는 승합차 속
아이들 손에 들린 모바일 게임
거가대교 길이만큼 늘어지는
어른들 수다~

해저터널 속으로
잠깐의 추억은 역사의 배경이 되고
바다에 그물 내리듯, 살며시 찾아온
밤섬

섬마을 바다 펜션 베란다,
아이였던 딸아이 앞에서
우리는 가로등 같은 눈빛으로
밤바다에 통통배를 띄우면

별은 점점 더 낮게 내려와
아내와 딸아이 가슴을 밝힌다
철썩이며 다가오는 파도 소리
밤은 점점 깊어만 가는 데,
"등댓불 깜빡깜빡…" 노랫말 같은

아, 여행이 인생의 천국이라면…

낭만에 대하여

대중가요 노랫말처럼
궂은비나 다방이나 위스키 같은
가끔은 옛 추억에 취해도 좋으리

한적한 도로 잊혀가는 풍경을
바라보는 것 또한 좋지 아니 한가,

차창에 떠오르는
누군가가 그림처럼 나타나도
좋으리

이럴 땐 스마트한 휴대전화
숄더백에 잠재워도 어떠리

카시트 침대처럼 눕히고
파란 하늘 사뿐히 내려오면
이쯤에서 시집을 펴고

제목도 차례도 한 줄의
시 또한 보이지 않는,
가요의 노랫말 같은 그야말로
옛날식 추억에 갈길 잃어도
좋으리…

결번

지금은 없는 사람의 전번이 휴대전화 속에
숨어있다
그와 가끔 대화를 나눴던 유일한 숫자의 통로가
궁금했다

이미 부재한 사람을 호출해 보는 야릇한
존재의 손 떨림
범접할 수 없는, 잠가도 잠그지 못한
바람 불면 열리는 쪽문이 있다

오늘 밤 문득 그대가 그리워 없는 줄 알면서,
눌러본 그대의 문 앞에서

열릴 듯 열리지 않는
들릴 듯 들리지 않는,

지금은 부재중인 침묵 속의
얼굴

*전번: 전화번호

감자꽃 같은
– 친구 춘수에게

"어이, 칭구 바뿐 기여,
바뿌만 조치 머, 시방 우체국 가서 씨래기 쌀믄거 하고,
콩까루 한 대, 비지 띠운 거 하고, 묵나물 좀 보내 써
맛 업드라도 냅 뻐리지 말고 잘 머거
비지는 김치 좀 너코, 대지 비게 좀 너코,
바글바글 찌개 끄리 머거면 조아
아, 그라고 콩까루는…"

초등학교 친구에게서 걸려온 전화다
철마다 특산물을 친형처럼 보내주는
하얀 감자꽃 같은 친구!
연풍면 산골에서 농사짓고 사는 친구
뒤 안 장독대 큰 항아리 같은 친구
노래방에선 트로트를 막걸리처럼
구성지게 부르는 그 친구
무시로 전화 안부를 묻는, 해마다 소리 없이 피는,
하얀 감자꽃 같은 친구!

나는 언제 한 번, 그 친구가 경작한
옥토의 마음 밭에 내 시심의 씨앗 한 번 뿌려 볼까,
내 척박한 시심 밭에 자갈 줍고,
흙 돋우어, 튼실한 감자알 같은
시집 한 권이라도 선물 할 수 있을까,

고향

언젠가는 돌아가리라
감자꽃 피는 내 고향으로

아이들이 맨몸으로 뛰노는 마을
물방아 골 송사리 떼 한가로이 노니는 개울

들녘, 옥수수 아이의 팔뚝처럼 살이 쪄 가고
야산 도라지꽃 바람결에 수줍은 듯, 수줍은 듯,

마실 나간 초로의 배 씨 아저씨
한바탕 너털웃음 소리에
푸른 적막이 메아리로 맴도는
점심나절

황톳빛 마당엔 햇살이 오수에 졸고
텃밭 나간 아내가 물오른 오이 상추 쑥갓
탐스런 싱싱한 풋고추

집집마다 풍겨오는 구수한 된장찌개 내음
샘물에 손을 씻고 뜨끈한 보리밥에 큼지막한 상추쌈
입에 넣으면
삽사리도 덩달아 군침 삼키는

언젠가는 돌아가리라
감자꽃 피는 내 고향으로

바닷가 찻집

파도가 아침을 깨우는
바닷가 찻집

수평선 솟아오른 갈매기
끼룩~ 끼룩~
자명종처럼 울리면
찬물에 손을 씻고
원두커피를 내린다

커피 향 새벽 바닷가
안개처럼 맴돌고
해피에프엠 라디오 볼륨
높이면

고추잠자리 황토 마당에 내리듯
어느 청아한 여가수의 노랫소리
부르지 않아도 살랑 찾아온 가을!

푸른 파도 고운 물결
창가에 밀려오면

아,
오늘은 정말 좋은 일이
있을 것 같은, 바닷가 찻집

아는 여자

백 팩을 메고 양산을 들고
지하철을 타고 출근하는
여자
점심시간을 10분 앞당겨 가려는
여자
밑반찬을 맛있게 해치우는
여자
더치페이가 분명한
여자
한 번 말한 걸 반복하면 화를 내는
여자
첫 만남이 어색했던
여자
부부가 서로 존댓말 하며 산다는
여자
……
믿음이 의심되면 맘을 열지 않는다는
여자
남의 편이 되어 주고 싶다는
여자

잠잘 땐 부부가 손잡고 반말한다는
여자
언젠가 헤어져도 생각이 날 거라는
여자
등짐 진 백 팩보다 반듯한
여자
사는 곳이 어딘지 모르는
여자

비가 오면 생각날 것 같은
그 여자,

그 남자

술 한잔 그리울 때 생각나는
사람
가슴 허전할 때 만나고 싶은
사람
쓸쓸한 퇴근길에 등불을 켜는
사람
투명한 술잔에 웃음꽃 피우는
사람

아,
그때 알았네,
마시는 게 물이 아니라
취하는 게 술이 아니라

글라스에 휘감기는, 한 잔의 추억

지폐 한 장!
감동 한 잔!

매혹의 퍼포먼스~
'그 남자, 엄재국'

*엄재국은 신사의 품격을 아는 지인의 이름

라면의 온도

한밤중에 라면을 끓인다.
양은 냄비에 물을 붓고 가스레인지에
불을 올린다

파란 불꽃이 점화되면서
물은 고요한 냄비 속에서
자신의 본성을 알린다

아내가 부재한 주방 안에서
야식으로 라면을 끓인다.
달랑 냄비 하나 올려놓고
부산을 떨어 보지만,

생각과 달리 라면 하나 끓이는 일에도
물, 불을 가릴 줄 아는 지혜가 필요하다는
불어터진 라면을 입에 넣으며

아내의 빈자리를 생각해 보는,
밤

봄나물

달래, 냉이,
입 안 가득 봄 향기 맴도는 소리
고것 참 야릇도 하지 언 땅 비집고
매운바람 맞은 파릇한 새싹의 반란
인가,

꼭꼭 숨겨둔 이브의 수줍은 첫사랑
인가,
오호라, 파스텔 색감 같은
모호한 경계
인가,

파도가 밀려오고 바람 불어도
흐트러지지 않는
그 맛!

오감 자극하는 천연의 향기

기도하지 않아도 저절로
기도하게 하시는, 봄빛 머금은
고요한
외침이어라!

뜻밖의 선물

카네이션을 선물 받는 어버이날
두근두근 심장 뛰게 한 이야길
쓴다
동화 같은 어린 손녀 '은비'의
자그만 손에 들린, 깜짝 선물,
그 아이가
오랫동안 간직한, 용돈 봉투

"외할아버지 이거 받으세요
드리고 싶었어요."

어린 초등 손녀는, 누구의 무엇이 있어,
이렇게 어른의 가슴을 흔들어 놓는가.
외할머니의 무엇을 보았기에, 어린 손이
여기까지 도달하게 했는가,

우리는 무엇이 있어,
이 어린아이의 마음에
…
도달할 수 있겠는가,

언어의 풍경

바람에 흔들리는
부드러운 속삭임으로
동그란 언어가 그림을 그린다

오리들 물길 걷는 추억의
강변에서

스스로 몸짓이 되는 언어의 공명

미미의 기도에 아멘으로 화답하는
정우의 아침 빠빠송~

보고 싶고, 만지고 싶은
예쁜 말 한마디 세상이 열리는,

아이의 눈부신 언어의 풍경

꽃에 대한 명상

화초 한 뿌리 화분에 심었다
푸른 줄기 뻗어 오르며
주황색 꽃봉오리 눈부시게
피었다

처절한 절망은 더 내려
갈 곳 없어 스스로 단단한
바닥이 되듯,
앙상한 뿌리에서 황홀한 빛깔을
뿜어내는 화려한 매직쇼

지나간 시간을 안으로 되새겨
기억의 형상을 만드는
형형색색 아련한 추억으로
다가오는 그것을 우리는
꽃이라 부른다

봄의 즉흥 교향

햇살 봇물처럼 쏟아지는
아침나절

아파트 베란다 봄꽃
바람난 여자 스커트자락
허벅지 내밀 듯
색색 깔 봄바람 흔든다

누가 저토록 그윽한 눈물 뿌려
척박한 대지 적셔놓는가

바람 스칠 때마다
너는 너대로 나는 나대로
아찔한 벼랑!
출렁다리 흥분되듯

너도 흔들리고
나도 흔들리고

마실 나온 방천의 개도
꼬리 흔들리고

오수에 빠진, 수고양이도
부스스 선잠 깨어
털가죽 흔들어 대는

오, 환장할 봄날에는,

북해도 끝에서

일본 북해도 눈이 내린다
아내와 버스 차창을 바라본다
눈 덮인 이국땅 풍경들이
말을 걸어온다

어두운 기억처럼 이제야 비로소 보이는
어릴 땐 어머니가 나의 전신이었고,
지금은 아내가 어느새 나의 어머니가
되어

옷깃을 여며주고, 맛있는 반찬을
입에 넣어주고, 행동이 굼뜨면
알아듣게 고쳐 잡아주는,
나의 따뜻한 장갑이 되었다

기념품점에서 헐값에 맞는
상품을 잡으며 흡족해하는
모성母性

이제 와 돌아보면
수명이 다된 배터리처럼 언젠가
어디서 버벅거리다 멈추는
방전된 시간 앞에서
나는
흐려진 안경을 닦고 있을까,

눈이 내리는 날엔

어디서 잔치가 열리는가
백설기 가루 흩날린다

누가 저리도 할 말이 많으면
하나님 허락도 없이 열려진
공간마다 하얀 헛소문 뿌리는가

거짓말처럼 눈이 내리는 날엔
목사도, 승려도, 추억에 물들어
첫사랑 비밀을 告白하는 날

눈은 내려서 참을 수 없는
깊은 곳까지 내려서, 마침내
눈은 눈물이 되고

아가씨 치맛자락 날리듯
나폴 나폴 저리도 예쁘게
사선으로 나리는가

눈이 내리는 날엔
눈발보다 가벼운 몸짓으로
그대 눈가에 스며들어,
한 줄기 고운 눈물이
되
고
싶
다

바람 부는 언덕

인생에 게임이 풀리지 않을 때
바람 부는 곳에 가 보아라
아무도 가지 않은 언덕에 서서
풀냄새 맡으며 하늘 한 번 보아라
바람은 부딪히고 흔들리며 가던 길
가지 않는가

울울창창 서 있는 나무 사이
줄무늬 다람쥐 풍경이 되고
서로를 보듬어 푸른 덩굴 이룬
올망한 머루 송이 풍성함을 보아라
잡초는 벗은 땅을 감싸고
산새는 나그네 외로움 달래는,

가끔은 바람 부는 그곳에 가 보아라
바람보다 먼저 온 그리운 그대가
그림처럼 서 있는,

메뚜기를 잡으며

이른 아침
아내와 볏논에서
메뚜기를 잡는다

햇살 내린 벼 이삭 위로
선잠 깬 메뚜기들
후다닥 제 몸을 은폐한다

페트병에 튀어 오르며
숨바꼭질하는 것들
결사적으로 도망가고
움켜잡으려는 팽팽한

대립!

한 마리, 두 마리,
통속에 쌓일 때마다 허공을
탈출하려는 메뚜기들
너른 볏논을 촘촘히 점령하는
긴장된 시간!

빈 페트병에 빛 혹은 저금처럼
채워지는, 시작 혹은 끝

술 한 잔의 풍경

지인과 막걸리 집에서 술을 따른다
안주는 도루 메기구이와
양은 주전자에 담긴 불로 막걸리다
술이 술잔에 찰랑거릴 때
생각나는 무엇이 술잔을 당긴다

양은 주전자와 양은 술잔의 궁합
나는 언제 한번 이런 섹시한
만남이 있었던가,

양은 주전자 날렵한 주둥이에 끌리는
술잔의 입맞춤
시름도 동그란 술잔에 담긴
한 잔 술의 출렁임 아니던가,

퀼 퀼 퀼 봇물처럼 넘치는 술잔

가야 할 길을 재촉하는 너와 내가 밀어내는
한 잔 술의 부딪힘 소리

누군가 거나하게 외치는 소리

"불로는 좋은 디
안주는 말짱 도루 메기~여"

이런 꿈

자동차 연료 가득 넣고
길 떠나 보자
새벽 속살 내음 맡으며
가끔 차창 열어 바람에 얼굴
씻어보자
따끈한 원두커피 후후 불어
입속 머금으며 서로의 눈빛을
바라보자

국도변 어느 계곡 큰 바위의
늠름함을 가슴에 담아보자
가다가 굽이진 어귀 밥집 있으면
쉼표처럼 차를 세워보자

온돌방에 다리 뻗고 구수한 된장찌개나,
얼큰한 김치찌개, 찰진 잡곡밥 배를 채우며
한해를 버텨 나갈 향기로운
에너지를 충전해보자

기왕 나선 발길, 한 며칠 자 누가며
낯선 곳 낯선 집, 해저 문 날,
소주잔 기울이며 도토리묵 같은
말랑한 밤, 짓새워보자

기분 좋아 마신 술 취기 돌아
간혹 헛말 새어 나와도
그 말이 내 소린 냥, 그냥 그렇게
술처럼 술술 가슴에 채워보자

말 통하는 그 사람과
자동차에 연료 가득 넣고
어디든지 길 떠나보자…

3부

소풍 같은 인생

아버지의 초상

그리움이 사무칠 때
무언가 채워지지 않을 때
생각나는 얼굴이 있다

갑자기 먹고 싶은 음식처럼
가슴 속 저장된 기억의 부속품들이
울컥 밀려 나온다
저울로 달 수 없는 감정처럼
둥! 징소리처럼 오래 머무는
얼굴이 있다

어떤 노랫말처럼 거역할 수 없는
한 번도 넘겨보지 않은, 책장 속의 책처럼
어느 날 문득 쓸쓸한 슬픔으로
다가오는 얼굴이 있다

옛이야기 같은 전설의 얼굴이
있다
드러내지 않는 깊은 우물 속 같은
그 사람
통장에 잔액이 드러났을 때
비로소 느낄 수 있는,
그런 허전한 사람

그 사람을 우리는,
'아버지!'
라고 부른다

치매

방송에서 길거리 현수막에서
가끔 낯선 얼굴을 본다
사진으로 보는 그 얼굴 모습은
오래전 누군가 열심히 살아온
우리들이다

평지 인줄만 알았던 그곳이
한 번 빠지면 헤어날 수 없는
깊은 수렁인 줄 어찌 알겠는가,
몸이 몸을 돌보는 것도
내가 나를 살피는 것도
무엇을 위해
걸어갔던, 그 길이 나를 가두는
까마득한 밤길이 될 줄 몰랐던
한 삶의 모습이 지금 전파를 통해
폿대도 없는 현수막에, 펄렁이고 있다

종영을 알리는 영화관 자막처럼
아련한 잔상이 되어, 누군가에게
알 수 없는 표적이 되어 허공에
떠돌고 있다

설날 아침

세수하고 속옷을 갈아입고
거울 앞에 섭니다
알람보다 먼저 일어난 아내의 발걸음 소리
아침이 열립니다

방 안을 청소하며
군데군데 놓인 살림살이 정리해야 할
숙제 같아서 생각이 머뭅니다

현관문이 열리고 모여든 가족들
활짝 핀 꽃처럼 집 안을 밝혀
놓습니다

차려진 아침 식탁엔 달그락달그락
숟가락 부딪히는 가족들 얼굴에
설날이 시작됩니다

아침은 어디서 오는가

- 정우에게

이른 새벽 잠결을
흔드는 새소리 들으면
지난밤 해결하지 못한 꿈들이
솔~솔~ 풀어져 무거운 눈꺼풀이
열리고

닫혔던 귓바퀴 나팔꽃처럼
활짝 피어난다
사랑이 사람의 가슴에서
누군가의 마음을 불질러
놓듯

아파트 철문 비밀번호 누르는
경쾌한 소리를 밀고 들어오는
새소리보다, 청아한
우리 아이의 세상을 깨우는

"아. 에. 이. 오. 우"

그, 고운 모음들~

무어라 무어라
표현할 수 없는, 살아있음으로
거룩한

오,
하나님! 아버지!
……

앵두나무의 비밀

은밀한 유혹이 스치는 골목
누군가를 감시하는 CCTV 앞
도심 콘크리트 담벼락에 앵두가
익어간다

온종일 비를 맞으며
앵두 빛 꿈은 부풀어 갔다
덩굴장미가 화려하게 담장을
넘어갈 때도 바람이 얼굴을
스쳐 갈 때도, 먼 기적 소리 같은
그리움으로 또 하루를 보냈다

분주한 발걸음 소리 어지러이
지나가고, 원두커피 향 추억을
흔들어

누군가 그 길 지나며 살며시
다가와 눈길 마주치면
오랫동안 숨겨둔 가슴 속 깊은
골짜기에서 울컥울컥 솟아오르는

차마 입술로 말하지 못해
발끝에서 차오르는
못다 한 사연들이 발그레
얼굴에 번지는, 앵두나무의 비밀

어머니의 장독대

연애하다 들킨 가을 숲
화들짝 얼굴 붉힐 때
괜찮다! 괜찮다!
어깨 토닥이는 바람
시린 등 데워주는 햇살

가까이 있어도 늘 그리운 사람처럼
그대에게 발길 옮기는 오늘,
가을빛 머무는 어머니의 장독대
빈 항아리 속,
가만히 목소리 내려놓으면

아!~
내 얼굴 애무하며 흘러나오는
그때 그 노래

아마! 아시겠지, 어머니는

708번 버스에는

집 앞 정류장 버스를 타고 무료한 시간
시집을 펼친다
시인의 시가 시들해질 무렵, 뒷좌석 아가씨
전화 속 웃음소리 버스가 부풀어 오른다

문득, 떠오르는 어릴 적 구멍가게, 기다란 왕 풍선을
뽑으려 동그란 딱지를 뜯으면, 꽝 되신 자그만 풍선만
피라미처럼 걸렸다

어두워지는 골목길에서
오돌토돌한 화약 종이를 돌로 내려치면
마을이 뻥 뚫려 나가는 호롱불 깜빡이던 겨울밤
저녁 먹으라는 어머니의 황토 담 넘어오는 소리
……

목적지를 알리는 누군가가 눌러놓은 벨 소리
몸을 일으키는데, 하필 오늘의 운세가 생각났다
'708번'

7과 8 사이, 어릴 적 뽑지 못한 얼룩무늬 풍선은
행운의 7일까, 꽝 0을 넘으라는 팔 8자일까,

센스 있네

아내와 동행하는
달빛 흐르는 밤
사람들 발걸음 소리
오선지 리듬이 되고
십자가 네온 불
강물에 내려와 발을 담그면
수초에 기대어 밤잠 청하는
왜가리와 송사리
시작도 끝도 없는 강물의 야상곡
낮아진 아내의 어깨
나의 헐거워진 다리
덜커덩덜커덩 3호선 지상철
적막한 쓸쓸함 흔들고
아이가 뛰놀던 그 자리
아내가 건너간 오솔길 되고
선회하는 교차점 지날 때
아치형 교량의 컴컴한 터널
무심코 몸을 밀어 넣는
순간!

아, 대낮처럼 환해지는 공간
일순, 아내의 한마디!
고것 참,
'센스' 있네

여자의 일생
– KBS 특집 말기 암 투병을 보며

두 갈래 길에 서 있는
어린 두 딸의
엄마
교사의 직분도
내려놓고 병마와 싸워야 하는
엄마
슬픔을 강물에 풀어 놓고
빗장에 갇힌 꿈같은
엄마
벼랑 끝에 서 있는
무력한
엄마

올려지지 않는 눈꺼풀
열리지 않는 입술

온전히 소멸한 육체의 빈집!

돌아갈 수 없는 삶의
허공에서,
아련히 들려오는 어린 딸들의
망망한 울음소리

끊어진 다리를 바라보는,
살아있는 자의 임종臨終…

세상의 아내들에게

바람소리에도 귀 기울이는
그대에게 편지를 씁니다
먼발치에 돌아서 있어도
나의 허튼 몸짓 하나까지
감지하는 그대

한걸음 물러서 있는 나를 눈빛
하나로 당겨 서게 하는 그대는
누구신지요

언성 높여 말하던 그때처럼 불안한
조바심이 촛불처럼 흔들리게 하는
그대는 누구신지요

온돌방 잠든 아들의 얼굴을
쓰다듬어 주시던 울 어머니 같은
지쳐 잠든 평온을 감싸 안은
그대는 누구신지요

차마 못다한 그때 그 얘기…

자백하듯 오늘 밤 편지를 씁니다
세상의 모든 아내들에게

여수항에서

여수항에 비가 내린다
새들이 내려앉은 숲속에도
어둠이 깔리면
자동차 바퀴가 도로를 물고
뜨거운 숨을 몰아쉬듯
돌아가야 하는 집

비는 여수항 저녁 바다를 적시고
우산 지붕을 두드리는 빗방울 소리

마주 잡은 아내의 따뜻한 체온
눈물인지, 빗물인지,

툭! 툭!

내 가슴 적시는,
여수항 밤바다에서

카메라

창밖 함박눈 폴폴 내리는 날
쌔근쌔근 단잠에 빠진 아이
보송한 솜털 같은 눈은 내리고
햇빛은 꽃송이에 내린다

눈은 내려와 어둔 곳을 밝히고
세상은 고요히 하던 일 멈춘다
꽃들이 소리 없이 베란다 창가에 피어나고
지구의 중심이 된 정우와 미미
꿈길처럼 걸어가는 날
눈은 지붕에 내리고 나뭇가지에도
내리고 사람들 가슴에 내려 은빛 세상이
고요히 휴가에 든다

정적에 싸인 아이가 잠든 방 안
숨소리보다 조용한 무음 카메라
액정에 비친

오,
스르르 빠져드는 꿈결*

*미미: 정우가 할머니를 부르는 말.

소풍 같은 인생
– 선생님 그리고 친구들에게

흐린 거울을 닦아내듯
말갛게 드러나는 친구 얼굴들
양은주전자에 뽀얀 막걸리 쏟아
지듯, 술잔에 넘쳐흐르는
오래 전 막아두었던 이야기 강물~

벌겋게 달아오른 불판에 잘 저며진
왕갈비 노릇노릇 익어가고
한 순배 술잔이 돌아 입술을 거쳐
식도를 타고 내릴 때,

누군가는 우거진 숲길 걸어가고
누군가는 잃어버린 기억 뒤지며
빈손을 매만지는 안개 강 건너편

언젠가 우리의 헐거워진 시간이
나사 풀리듯 풀어져도, 오늘 같은
정오의 가을 소풍날

김밥에 노란 단무지처럼 아삭한
추억이 오래 남아 있을, 그런
소풍 가듯 소풍 가듯 소풍 같은
인생의 단풍 물드는,
날에

너를 만나며
– 정우에게

꽃이 피기까지
밤하늘별들 은빛 가루 뿌리듯
민들레 홀씨 날려 먼 여행 떠나듯,
오랜 잠 깨어난
너는
어디서 꽃씨를 피웠느냐

넘어져도 일어나는 오뚝이처럼
채근할수록 살아나는 색동 팽이처럼
엄마 엄마 엄마를 부르고 싶어
오랜 잠 깨어난
너는
어디서 꽃씨를 피웠느냐

석 달 열흘 피고 또 피는
배롱 꽃나무 길을 밝히듯
오랜 잠 깨어난
너는
어디서 꽃씨를 피웠느냐

한 송이 꽃 피기까지
밤하늘별들 은빛 가루 뿌리듯
오랜 잠 깨어난
너는
아빠 아빠 아빠를 부르고 싶어

팔월 열하루!
무더운 여름밤 밀어내며
먼 우주를 돌아 우리 가족에게
사뿐히 내려온
정우!

그 이름을 부른다

빨래를 널며

휴일 아침 빨래를 넌다
플라스틱 바구니에 담긴 얽히고
설긴, 옷가지와 양말을 분리한다

세탁기에 들어간 가족의 일상들이
둥근 통 속에서 어우러지며 돌고
돌아 묵힌 속내가 햇빛에 드러난다

몸을 감싸 안은 옷들이 몸을 푸는
빨래방에서 '화합하자' 손을 잡는
그곳,

아직 잠 깨지 않은 빨래들이
잡은 손 놓을 줄 모르고 엉켜 있다
아내의 일상을 생각하며 작은 일손
함께 할 수 있는, 시간

많은 날 세탁기처럼 분주하게
돌고 돌아가며 가족들 손이
되어준, 아내!

빨래를 널며, '행복'이라는
말도 함께 널어 본다

포장마차 앞에서

삶이 팍팍할 때, 밤거리를 걸어보라
겨울밤 포장마차에선
붕어빵이 노릇하게 익어가고

둥근 무쇠 철판에서 그 집 아이의
해맑은 꿈이 봉긋봉긋 부풀어 오르고

옷을 벗은 가로수 외로움
더해가는, 쓸쓸한 겨울밤

밀가루 속 달콤한 통팥이
서로 어울려 함께하자고,
눈물 같은 밀가루 반죽을 퍼 올리는

붕어빵 아저씨의 굽은 등 뒤로
떠오르는 보름달!

폭설

간이역에 눈이 내린다
백설기처럼 하얀 눈이 길을 덮는다
산촌마을 지붕을 덮고
철길마저 덮는다

간이역에 눈이 내린다
무수히 지나간 발자국마다
뜨겁던 열애도, 쓸쓸한 실연도,
소리 없이 내리는 폭설 속에 묻힌다

간이역에 눈이 내린다
이 마을 전설을 덮고, 처녀 총각 풋사랑을 덮고
상처喪妻한 중년의 아저씨 풍문의
행적을 덮는다

간이역에 눈이 내린다
설레임의 몸짓처럼 눈이 내린다
추억을 부르는 하얀 순결의 유혹
저, 폭설 속으로 초대하는,
'위험한 상상!'

플랫폼

잠깐의 풍경이 쉬어가는
플랫폼 의자에 앉아 시간에
취한다
쌉싸름한 커피 한 모금에 잊었던
기억이 몽실몽실 되살아나듯
성령처럼 내려온 비둘기 한 마리
철길 위를 날아 군중 속에 앉았다

누군가 수런대는 소리에 휩싸인
생각들이 한곳으로 모인다
고고한 백학도 아닌 잿빛 비둘기
한쪽 다리가 보이질 않는다

확인되지 못한 실체는
날개를 달아 허공을 맴돌고
기차는 레일위로 들어와
승객들을 황급히 끌어당긴다
순간, 화들짝 날아오르는
비둘기의 행로

다리를 잃고도, 훨~ 훨~
창공을 지배하는,
저 비둘기의 유유한 평화!

까치집

통장의 잔액을 찾으러 ATM
기기 앞에서 카드를 밀어 넣는다
명령어에 따라 분주하게 움직이는 손
로또처럼 돌아가는 부푼 헛바퀴에서
밀어내는 기기의 배설물

삶이란, 질주하는 차량 사이를
지키는 아찔한 차선이나, 노동으로
지급되는 통장의 아라비아 숫자
한 입 또 한 입, 새들이 물어 나르던
길바닥 쓸쓸한 나뭇가지들이 만든
저 굳건한 힘의 완급

바람 불어도 흔들리며 허공을 부여잡는
겨울나무에 축구공처럼 살포시 얹힌,
허전한 듯
속이 찬 까치집 풍경

핸지 커피숍

다락방 같은 아담한 2층 커피숍
갈색 모자가 잘 어울리는
젊은 주인

둘이서 커피 한 잔을 시켜도
나눠 담은 따끈한 마음을
내어 주는, 그곳

백팩 맨 학생들 커피 한 잔
마시며, 책을 보다가
단잠에 빠져 있는,
욕심보다
마음을 비우는 그 사람들이
단골이 되는 곳

이곳에 가면, 쌓였던 근심
절간 해우소보다
편하게 볼일 볼 수 있는
고객이 주인이 되는 곳

4부

오늘 같은 날엔

그리운 손맛

창밖에 함박눈 쌓이던 밤
집으로 돌아와 방문을 여니
홀로 앉아 계시던 어머니
서늘한 부엌으로 들어가
가마솥에 불을 지피셨다

타닥타닥
노모의 마음도 잊고
아랫목 이불 속에서
잡념에 빠질 무렵

"배고프지"
소반엔 김치 넣고 들기름 두른
볶은 밥 한 그릇

허겁지겁 먹는 아들의 모습
다정한 눈빛으로
내려다보시던 어머니

깜빡 잠결인 듯
거친 손길로 쓰다듬어 주시던

이제는 돌아가지 못해
볼 수도 없어
가끔 꿈속으로 오시는,
그리운 어머니의 손맛

오늘 같은 날엔

주방에서 시작되는 설 명절
아내의 도마 소리 가족들 얘기 소리
홍시처럼 물들어가는 정겨운 시간

설렘으로 들썩거리는 떡 시루
나 즉, 나 즉 얘기 꽃피우는
딸 같은 며늘아기 친정 같은 시 엄마

휘영청 방 안으로 들어오는 만월!

덜커덩덜커덩 콧노래 부르는 지상철 소리
치직 치직 부침개 익는 소리
아이들 콩콩 발걸음 소리

아파트 베란다 달빛 환하다

봄이 오는 소리

아침을 여는 아내의
경쾌한 도마 소리
출근하는 아빠는
구수한 된장찌개 보글거리는
아내의 아침 밥상을 받는다

거실 티브이 앞에 앉은
어린 아들의 얼굴을 바라보다가
따끈한 보리차 한 모금으로
또 하루를 다짐한다

아파트 주차장마다 자동차의
힘찬 출발 소리 들리고
어머니 닮은 아내가 창밖을
내다보며, 나지막이 부르는
한마디!

아!
봄이 왔네…

그 음성으로 세상의 벽에 걸린
달력들 스르르 넘어가는

욕지도의 여름

'돌고매' 녹색 밭 아래
욕지도의 여름이 안개처럼 깔려있는
작은 섬 바라보며 고갯마루에 서서
우리 가족 휴가를 시작합니다

마을 부녀회관에 방을 잡고
파도가 일렁이는 담, 하나 사이에
가족휴가 풍경이 교차합니다

회관 앞마당에 자리 깔고,
딸아이와 아내가 내 마음을 교차하며
저녁밥 알맞게 뜸이 들고 찌개 내음 보글거리며,
욕지도 하룻밤을 맞이합니다

섬에는 섬사람이 사는 법과
털북숭이 기어 다니는 바다 곤충
물에 휩쓸리지 않는 법을
하룻밤 지나면 알게 됩니다

바람처럼 우우 몰려온 피서객들
썰물같이 빠져나가면 파도는
남태평양 나들이 돌아오며
섬 단장 합니다

천년을 떠 바쳐온 벼랑길
브레이크 밟으며 오르내리는 동안
욕지도 작은 섬에
풀씨 하나 뿌려 놓았습니다*

*돌고매: 경남 통영시 욕지면 동항리(노적 마을)에서 재배하는 돌 고구마의 준말
    (토속 방언)

출구

공구 상가로 연결된 옥상 주차장
차를 몰고 화살표 방향으로 따라간다
이미 봄날은 한 발짝 앞서 걸어가고
그림의 배경처럼 솟아오르는
숲들의 푸름이 눈부시다
상가를 연결하는 매듭을 지날 때마다
가슴에 솟구치는 그리움처럼 무언가가
덜커덩덜커덩 울먹이는, 한낮
청색 바탕에 하얀 글씨로 쓰인 '출구'
순간, 차는 길을 따라가지만 나는,
엉거주춤 갈 길을 잃는다
하늘은 말끔히 정리되어 있었고,
햇빛은 유난히 숨어있는 얼굴을
빤히 비추며 따라오고 있었다

나는 무언가를 은폐하려 했지만,
감출수록 드러나는 어쩔 수 없는 공간
불면증 앓는 허허로운 시간을 밝히는
망연한 시간
길 위에서 길을 잃는 백주의 치매!
삶의 꼬리표처럼 추격해 오는
탈출할 수 없는,
구멍

'쥐덫'
– 블랙리스트를 보며

회사 구내식당에 쥐덫을 놨다
밤새 쳐놓은 덫에 '찍찍' 비명
지르며 걸려든 생쥐
깊은 수렁처럼 한 번 발 들여
놓으면 빠져나올 수 없는
죽음의 함정!

어두컴컴한
밤의 유혹, 아무도 보는 이 없는
평온한 안전지대!

미각 자극하는, 유혹의 먹거리
순간, 이성을 마비시키는 강력한 자력,
입에 쓴 보약보다 달콤한 음료가 혀를 당기듯
단맛의 유혹 앞에서 한 번쯤 입맛
다셨을 비열한 수렁!

기분 좋아 마신 술 가눌 수 없는
숙취로 돌아오듯,
아뿔싸! 간밤 착시 속 생사의
저울대에 놓인 붉은 고깃덩어리

강풍에도 잠시 흔들리며 곧추
세우는 대나무의 꼿꼿한 기상

그 대나무 가만히 들여다보면
마디마디 인고의 디딤돌 버텨온
하늘 향해 한 점 부끄럼 없는,
저 굳센 당당한 발걸음

나의 초상사진 앞에서

'폰카'에 찍혀진 나의 허상
액정판에 기록된다
사진 담긴 액자에 검은 리본을 두르면
영정사진이 되듯, 초상사진을 액자 속에 넣어
책장 유리문 앞에 세워 놓는다

내가 나에게 주는 마지막 선물 같은 사진
선택하거나, 버려지는 작품콘테스트의 희비처럼
빈소라는 갤러리에 전시될 나의 얼굴

어떤 유언처럼 보관된 대체될 영정사진!
액자 속에서 바라보는,
아직 남아 있을 생의 유효기간 앞에서

지하 에스컬레이터

도시는 지하로 통하는 두 갈래
길이 있다
오르거나, 내려가거나,
수십 미터 지하로 연결된 에스컬레이터
그 계단을 밟고 선 사람들,
천국과 지옥의 계단 같은 지하철
에스컬레이터, 지금 나는 그 계단에
서 있다

오래전 여름 아내와 딸과 동행했던
흑산도 섬 여행 빛바랜 사진첩에서
그때 내 모습을 본다
창창한 바다~ 몽돌의 누운 그 남자!
아, 하필 그때 왜 눈을 감았을까?
(딸아이가 눈 감은 내 모습을 찰칵!)

오호.
삶과 죽음이란, 이런 거였구나
눈 떴을 때와 눈 감은 찰나!
내가 나의 죽음의 모습을 볼 수
있는,

율리식당

산 벚꽃 하롱하롱 봄빛에 날리고
초록 물결 함성처럼 떠오르는
상주 청리뜰,
차는 어둔 길을 달린다
좁은 농로를 지나, 간이역 철길 건널목
지나, 도착한 율리식당

간판도 없고 음식 메뉴판도 없는
그곳엔 집체보다 큰 트랙터가
서 있고 비닐하우스 나란한 주택
현관에 신발을 벗고 두레상 차려진
안방에서 정성껏 차려진 저녁상을
받는다

천연의 밥상 앞에서 감사의 기도를
잊고, 주인의 따스한 마음도 잊은 채
기름진 쌀밥과 담백하게 끓여진
영양탕을 말끔히 비우고, 어둔 밤길
국도를 달려,
우리 집 현관문을 세차게 연다

불 꺼진 베란다에서 늦은 밤 빨래를 널고 있는
아내에게 소풍 다녀온 아이처럼
나는,
뭐라고, 뭐라고, 자랑을 했다

우리가 지금 세월이 되어

우리가 지금 세월이
되어 방 안을 채웁니다
누구네 남편이 되고
누구네 아부지 되어
복사꽃 살구꽃
노을빛으로 물들어
있습니다

기름진 안주가 울컥
대는 건,
찬밥처럼 남겨둔 아쉬움
때문입니다
키 큰 나무가 바람에
휘어지듯, 삶의 무게에
비틀 거릴 때

아직은 걸어 갈만한 시간이 있어,
따라 놓은 술잔 부딪히는
너와 내가 있어, 한 폭의 풍경이
되는, 지금!

오줌 누면서

초콜릿 둘러싼 노란색 포장지에
나는 지금 달콤한 자유 시간

보이지 않고, 잡을 수 없는 자유 시간
고소한 땅콩 알 오독오독 씹히는
생각의 자유 시간

바람 잠시 기대 먹는 자유 시간
자유라는 말에 들어간 시간 하나
자유가 자유인 것은 솔바람 불기 때문

오줌 누면서 깨닫는 저 푸른 하늘의
황홀한 자유 시간

어느 멋진 날

천 번을 접으면 학이 된다는 소녀의
소원처럼 사르르 빗장 풀리는 날
어부 횟집 따끈한 온돌방에 앉아
잘 익은 가리비의 부드러운 식감과
이슬 같은 소주 한 잔 온갖 시름
용해되는 시간

겨울바람 청보리 물결 풋풋하게 일렁이는데
넘어질 듯 기울어가는 겨울 바다에서
잠깐을 위해 세상 구경 나온 하루살이
열정처럼
마음을 열면 시가 되고,
노래가 되는, 한 장의 풍경화에 담긴
어느 멋진 날에

피아노 치는 여자

그녀가 피아노 앞에 앉았다
오래된 장식장처럼 거실 모퉁이에 앉아 있던
피아노 덮개를 열어 잃어버린 추억이 생각났던지
건반을 노-크 하듯 하나씩 두드리는 여자
(깁스 한 팔이 건반을 자유롭게 조율 할 수 없으므로…)
커피를 마시다가,
문득, 커피향속으로 풍덩 빠지는 생각의 언저리
첫 음을 잡으려 기억을 더듬는 손가락
점점 또렷한 형상들이 크. 레. 센. 도. 로 확장되고
보일 듯, 잡힐 듯, 아른거리는 명사名詞

그녀가 피아노 앞에 앉아 건반을 노크하고 있다
먼 거리에 서있는 기억들을 불러 모으는 그녀
'룰루랄라!'
바빠지는 손가락사이로
찐득하게 늘어나는 언어의 유희

웨딩드레스

아버지 손 잡고 결혼행진곡 울리는
길을 걸으면
신부의 웨딩드레스 백목련으로
피어난다

첫차를 타야 하는 발걸음처럼
시간은 경적을 울리고

작별의 유리창 안과 밖에서,

꽃보다 예쁜 딸아이 떨리는 손
놓아야 하는,
쓸쓸한 아비의 뒷모습 사이로

뭉게뭉게 피어나는
화사한 안개꽃 그림 같은
새하얀 웨딩드레스

흙의 값

- 친구 五億이와 밤길 걸으며

하루의 무게는
얼마나 될까, 저울에 올리면
그 무게가 나올까,

이런저런 생각 하며 밤길
걷는데, 친구가 話頭를
던진다.

"흙의 값이 얼만지 알아?"

느닷없는 질문에 가로등 불빛
쫑긋 귀를 세우고
감쪽같던 비밀이 한순간
노출되는 공백!

"글~쎄"

벌어진 틈을 메우는 친구의
말의 씨앗!
어둔 밤 네온사인처럼
가슴이 열리는 벚꽃
붉게 물 드는 능금 꽃

할머니의 기도
– 장모님께

출근하는 아침
우리 집 할머니 반쯤 열린 창가
침대에 앉아 두 손을 모으고
기도하신다

무엇이 저토록 구순의 할머니를
간절하게 하실까
넘어온 고개를 바라보며
가쁜 숨 몰아쉬는 걸까
아직 넘어가야 할 고개를
생각하는 걸까

출근길 잠깐의 시간
저토록 간절한 기도는
내가 넘어가야 할,
그 길

가을 여행

- J에게

해 질 무렵 차창 바라보면
새들처럼 가벼워지는 평온
두둥실 부푸는 설렘
아, 누군가 꿈꾸었을
오래 묻어둔 그 말!
산 그리매처럼 깊어가는 여운,

이 가을 저녁
뜨겁게 솟아오르는 욕망!
몸의 뿌리에서 전달되는,
거룩한 에너지!

속초항 밤바다에서

우리가 살아가는 공간에는
내가 앉아 있는 곳이
중앙이 된다

어스름 달밤 집으로 돌아가지
못한 파도가 철썩 철썩 제 몸을
토닥이고 있다
가로등 불 밝힌 자리마다 걷어
내지 못한 사건들 도둑처럼
웅크리고 있는데,
삶의 현실이 어긋난 사람들
머리 위 초롱한 북극성이
빛나고 있어,

서둘러 가야할 곳도 없으나
돌아가지 않으면 안 될, 망설임보다
절박한 미련만이 등 떠미는데,

만월이 되지 않은 상현달처럼
차오르는 비장한 각오 앞에서
좌표를 잃은 발걸음 부여잡는
달빛 내리는 속초항 밤바다에서

동네 목욕탕에서

사랑방 냄새가 친숙한 동네 목욕탕에서
나의 겉치레를 벗는다
알몸은 신분을 지우고 체면도 지우고
모든 일상을 내려놓는다

따스한 물줄기 벗은 몸 어루만지며
쌓였던 시름 발아래 흘려보낸다

한 줄기 빛 비둘기처럼 내릴 때
타원형 욕조엔 등 굽은 노인들이 참회하듯,
조용히 두 눈을 감고 살아갈 날을 셈하고
있다

수증기 머금은 플라스틱 천장
방울방울 물방울들 몰래카메라 같은
목욕탕 풍경
탄력을 잃은 노인의 뱃살, 묘지처럼
돋아난 검은 저승 점

돌아갈 시간이
버티다가, 버텨보다가 힘없이 낙하하는
한 방울 수증기!

톡!

욕탕 속으로 힘없이 풀어지는
한 생애

비 오는 밤에

애타게 기다리던 그 사람처럼
반갑게 창문을 두드리며 밤비
내린다

우르르 쾅쾅~

얼마나 참았으면 저토록 가슴치고 울부짖는가.
무서운 번개 번쩍여도, 어여쁜 여인의 눈물 같은
단비 오시네

'철 들면 죽는다'는 남자라 해도
나뭇잎 흔들며 내리는 빗소리

그 빗소리 듣고 싶어 어둔 밤
베란다 창문 열고 가만히
귀 기울여 보는,

예전에 울 어머니 가슴 태우셨을,
가뭄 적시는 단비 오시는 밤에,

리모트 컨트롤

그가 실종됐다
자신을 드러내지 않는 은신처를 들추었지만,
아무런 흔적조차 발견할 수 없었다
추리력은 촛불처럼 흔들리기 시작했고
집 나간 아이가 불현듯
현관문 열고 홀연히 나타나듯
어설픈 실체의 등장

순간, 무너져 내리는 허탈한 무력감!
그렇다.
생각은 가장 근접한 원점에서 발현되듯
머릿밑 침묵의 베개 속에서
묵묵히 은신하고 있는,

손에서 떠나지 않던 날렵한 형체
그가 없으면 실체 조정이 불가한
리모트 컨트롤!

곁에 있던 티브이 리모컨을 빈틈의
베개 홑청에서 발견한,
잠깐의 해프닝

가을의 기도

주여, 가을엔 기도하게 하소서
오곡 익어 가는 남국의 햇빛 바라볼 수 있는
마음의 눈을 뜨게 하소서

주여, 가을엔 기도하게 하소서
가로수 붉은 울음 같은 단풍잎처럼
늘 깨어 있는 얼굴 되게 하소서

주여, 가을엔 기도하게 하소서
뙤약볕 불길처럼 일렁이는 여름날 들녘
그늘에 잠든 아들 바라보며 부채질해주는
어머니의 손결이게 하소서

주여, 가을엔 기도하게 하소서
바람이 얼굴을 애무하며 흔적 없는 사랑을 하듯
쉼 없이 흐르는 계곡물처럼
한결같은 마음이게 하소서

주여, 가을엔 기도하게 하소서
낮엔 태양과 밤엔 달빛과 은밀한 속삭임으로
제 몸 부풀리며 식탁에 오른 과일처럼
편협하지 않은 마음이게 하소서

주여, 가을엔 기도하게 하소서
어린아이 걸음마 배우듯 비틀거리며
언젠가 제 몸 바로 세울 수 있는
그런 사람이 되게 해 주소서

해설

정갈한 일상 헤집기

박재열

정갈한 일상 헤집기

박재열

차승진은 몇 년 전 『스마트폰으로 떠나는 시와 사진 여행』이라는 책을 낸 바 있다. 거기에는 시 한 편과 사진 한 점을 짝지어 놓아, 시적 상상력과 시각적 이미지의 아름다운 어울림을 시도하였다. 그 시집의 사진들은 일상적이고 정겨운 것들이었지만, 그것이 신선미를 가지도록 앵글과 소재에 다양한 변화를 추구하였다. 사진이 낯설어 보이도록 이질적인 사물을 끼워 넣기도 했다. 그가 원했던 것은 일상적인 사물 뒤에 감춰진 깊이와 아름다움을 캐내는 일이었으리라.

그의 이번 시집 『아내의 꽃밭』을 읽으면서 맨 처음 받은 인상은, 그 시집과 크게 다르지 않다는 점이다. 그의 일상이 그때처럼 참 따사롭고 정갈하다는 느낌이다. 그가 세상을 보는 시선은 천진하고 풋풋하고 정겨워, 그에게 가슴을 찢는 고통과 슬픔이 한 번이라도 있었을까 하는 의문이 든다. 슬픔이 있더라도 동화에 나오는 고만고만한 슬픔이었을 것 같다.

그의 시선은 대부분 지근의 사물에 머물러 있다. 그러나 그것이 일상적인 것에 가 닿으면 팔락이는 특징이 있다. 팔락인다는 말은 그 대상을 정적이고 수동적인 상태로 두는 것이 아니라, 그것이 떠들고 일어나서 숨 쉬게 만든다는 뜻이다. 그가 던진 시선만큼 그 사물에 부딪혀서 돌아오는 빛 또한 부드럽고 정갈하다.

누구의 일상이든 그것은 꼭 결이 있다. 피륙처럼 말이다. 그 결은 대부분 사방연속무늬처럼 같은 단위가 되풀이 된다. 그럴 경우 그 무늬는 단조로움을 면할 수 없다.

그런데 피륙에는 이은 데, 겹친 데, 헤어진 데, 틔어진 데가 있기 마련이다. 그럴 경우 차승진은 꼭 그런 곳을 찾아 그 안을 살핀다. 그 피륙을 통과한 온 빛이 오묘하고 신비롭게 그리는 그림을 놓치지 않는다.

그가 굳이 그 뒤쪽을 보고 싶어 하는 이유는 무엇일까? 그곳은 그 뒤가 더 신선하여 식상한 일상과는 대조되기 때문이다. 더 아름답고 더 진실하기 때문이다. 그곳은 무덤덤한 반복의 일상이 아니라, 감각과 상상이 살아 숨 쉬고, 시가 숨 쉬는 곳이다. 그는 어느 날 "햇살 드는 창가"에서 아내의 꽃밭을 '발견'한다. 이 "꽃밭"을 통하여 그는 일상의 이면(裏面)을 본다.

동남쪽 햇살 드는 창가에 아내의
꽃밭이 있습니다
…

몇 날이 지나 아내의 꽃밭에
밤새 핀 벚꽃처럼 야생화 꽃 등불
일제히 켜졌습니다

하늘 향한 천상초, 보라색 깨 눈이,
종지 제비꽃, 나도 부추꽃,

아내의 가슴 속 저장된 은밀한 계획들이
희망의 파스텔 빛으로 동동 떠오릅니다
골 깊은 지리산이나, 해풍 부는 남해 금산 자락을
스쳐온 금빛 햇살이 아내의 꽃밭으로
찾아왔습니다

　　－「아내의 꽃밭」 일부

　일상의 눈으로 보면 그냥 "햇살 드는 창가"일 뿐이다. 그러나
그곳은 시의 세계를 들여다 볼 수 있는 창과 같은 곳이다. 그는
아내가 자신 몰래 꾸며놓은 예쁜 꽃밭을 발견한 것이다. 그곳에
는 야생화의 "꽃 등불"이 드리워져 있고, "하늘 향한 천상초, 보
라색 깨 눈이, 종지 제비꽃, 나도 부추 꽃" 등이 갖가지 빛과 향
을 뿜는다. 그는 종전까지도 그런 작은 세계가 있는 것을 몰랐
다. 그는 그런 꽃밭은 "아내의 가슴 속"에서 싹터 나온 "은밀한

계획"이었던 것을 늦게 깨닫고 희열의 파장을 느낀다. 동시에 그 꽃들의 빛과 향이 "희망의 파스텔 빛으로 동동" 떠오름을 본다. 일상생활에서는 느끼지 못한 시의 세계를 찾은 것이다. 그 신선한 빛과 향이 "골 깊은 지리산이나, 해풍 부는 남해 금산 자락"에서 온 것은 그의 싱그러운 상상력이 작용한 결과이다. 이 꽃밭은 그런 상상력으로 완성하도록 길이 열려져 있었다.

그가 사물에 보내는 시선이 정갈하지만 반대로 그 사물이 그에게 보내는 빛 또한 정갈하다. 그는 사물에서 오는 빛 중에 맨 먼저 주의 깊게 거둔 것은 아내로부터 오는 빛이었다. '아내'라기보다 아직 연서를 보내는 수줍은 '연인'이다. 그의 책갈피에 누군가가 꽂아둔 엽서가 한 장 있었다. 잠깐 방을 비운 사이 누가 감쪽같이 "비밀의 연서"를 꽂아 둔 것이다. "누가 이렇게 고운 사연 담아/몰래 책갈피처럼 두고 갔나." 책갈피에 끼워 둔 것은 "한 손에 들어오는 앙증맞은/엽서"인 것만은 틀림없다.

　사랑이란 이렇게 몰래 찾아온
　바람!

　누워서 그대의
　숨겨진 사연 읽을 수 없어
　몸을 일으켜 책장 덮으려다
　혹여 그대의 숨결 있을까.

　책장을 넘기면

아직 물들다 만, 반쯤 찬 단풍잎
책갈피 사이 숨겨져 있네,
시집 속 아내가 숨겨둔,

가을의 붉은 연서 한 잎!

– 「연서」 일부

아내가 책갈피에 단풍잎을 끼워 두고 갔는데 화자는 그 의미
를 해독할 수 없다. 그 연서와 연인이 의문이고 신비이다. 그러
나 그 신비는 곧 풀린다. "몰래 찾아 온 바람!" 곧 사랑이 저지른
일이니까 쉽게 이해가 안 되었던 것이다. "가을의 연서 한 잎"에
"혹시 그대의 숨결 있을까"가 문제이지, 그 구체적인 사실은 해
독할 수 없고, 해독 안 되어도 문제 될 것이 없다. 결국 미지의
것은 "그대의 숨결"이다. 이 시를 통해 화자는 일상의 피륙 뒤에
가려져 있던, 사랑이 숨 쉬는, 미지의 현장을 들춘 것이다.

또 다른 시 「가을날의 편지」도 연서이고 연시이다. 화자는 "노
란 은행잎"으로 마음은 흔들렸다고 한다. 그 단풍잎 잎사귀가
예사로운 것이 아니다. "숨겨진 행간 속, 찬란한 무엇이/가슴에
내려와 단풍보다 뜨겁게 물들고" 있었다고 하니 말이다. 아내에
대한 사랑이 "찬란한 무엇"으로 내려와 스스로 뜨겁게 물들고
있었던 것이다.

아, 당신으로 인하여 하루는 저물겠지만
오늘을 향한 모든 것은

오로지 그대의 이름으로 어둔 밤을
밝히겠지요

　그 "찬란한 무엇"이 다음 순간엔 어둔 밤을 밝히는 "그대의 이
름"으로 바뀐다. 아내의 이름이 화자의 어둠의 삶을 밝은 삶으
로, 생동하는 삶으로 깨워낸 것이다. 그것이 없으면 어둔 밤의
연속이다. 그렇다면 "그대의 이름"은 화자가 성취하고자 하는
가슴속의 환한 염원이고 궁극적으로는 희망으로 가득 찬 사랑
이 아니겠나.
　이처럼 그는 일상 속에서 가족과 사랑을 재발견한다. 늘 대하
던 손자 찬영이에게서도 가슴 두근거리는 원초적인 유대를 발
견한다. 찬영이와 목욕탕에 갔을 때 일이다. "할아버지의 벗은
몸은" "무방비의 자유"(「접촉」)였다. 손자는 온탕 냉탕 넘어 다니
다가 "욕조의 수심에 놀라" 할아버지의 가슴에 안긴다. "몸과 몸
이 마주한 정직한 만남!"이었다.

서로가 서로에게 친절한 신호로
응대하는, 심장과 심장의 작은 반란
우린 서로에게 표현하지 못한
우리의 가장 낮은 자세로
안부를 묻는다

"두 근! 두 근!"

　"두 근! 두 근!" 하는 이 놀라운 접촉은 단지 성(姓)으로 이어지

는 조손(祖孫) 간의 관계로서는 일어날 수 없다. 이 관계는 핏줄로 또 심장의 박동으로 이어진 것이다. 조손이 한 핏줄로 이어질 때 그 핏줄에 고동이 일어나는 것은 원초적 사랑이 있기 때문이리라. 화자는 그 가슴 두근거림에서 외경(畏敬)을 느낀다.

　일상의 피륙이 자의로 그 밑을 열어 보여주는 예는 거의 없다. 그것이 그 밑을 열어 보여주도록 만드는 데는 조건을 충족시켜야 한다. 화자가 "그리움이 사무칠 때", 세상살이 고달파 "무언가 채워지지 않을 때"(『아버지의 초상』) 일상의 피륙은 그 풀기를 잃는다. 피륙이 풀기를 잃으면 그 밑을 희미하게 볼 수 있다. 그 밑에는 "저울로 달 수 없는 감정처럼/둥! 징 소리처럼 오래 머무는" 얼굴이 어렴풋이 나타난다. "한 번도 넘겨보지 않은, 책장 속의 책처럼/어느 날 문득 쓸쓸한 슬픔으로/다가오는" 얼굴이다. 그 얼굴이 그가 밤낮 그리워하던 얼굴이다. 그 얼굴은 "우물 속"에 떠오르는 얼굴이고, "옛이야기 같은 전설"에 나오는 참 "허전한 사람"의 얼굴이다. 우리는 그 얼굴을 "아버지!"라고 부른다고 한다. 그리운 아버지가 일상의 사물 속에 잠겨 있었던 것이다.

　일상의 피륙의 다른 모서리를 젖혀보면 그 밑에는 육체적인 아름다움도 깨어 있다.

　　햇살 봇물처럼 쏟아지는
　　아침나절

　　아파트 베란다 봄꽃
　　바람난 여자 스커트자락

허벅지 내밀 듯
색색 깔 봄바람 흔든다

누가 저토록 그윽한 눈물 뿌려
척박한 대지 적셔놓는가

바람 스칠 때마다
너는 너대로 나는 나대로
아찔한 벼랑!
출렁다리 흥분되듯

너도 흔들리고
나도 흔들리고

마실 나온 방천의 개도
꼬리 흔들리고

오수에 빠진, 수고양이도
부스스 선잠 깨어
털가죽 흔들어 대는

오, 환장할 봄날에는,

– 「봄의 즉흥 교향」 전문

화자는 앞에서 이야기한 것처럼 정갈한 마음의 소유자이지만 화창한 봄날엔 정갈한 일상에 파랑이 인다. 피륙이 닳은 곳에 성(性)이 드러나기 때문이다. 화자는 그것을 보는 순간 사춘기의 청소년처럼 "아찔한 벼랑!"을 느낀다.

그것의 발단은 "햇살"이 봇물처럼 쏟아졌기" 때문이다. 아침나절의 봄 햇살은 "아파트 베란다 봄꽃"에 쏟아졌기 때문이다. 이때 "바람난 여자 스커트자락" 사이로 "허벅지 내밀 듯" 감춰져 있던 성(性)이 불거져 나온다. 은폐된 성이 봄볕의 유혹에 넘어가 새싹처럼 돋아 난 것이다. 그러나 그와 동시에 화자가 슬픔을 느낀 것은 어인 일인가. "누가 저토록 그윽한 눈물 뿌려/척박한 대지 적셔놓는가." 이 슬픔은 사춘기의 청소년이 흐드러지게 핀 벚꽃을 성적(性的)으로 바라볼 때 느끼는 까닭모를 슬픔과 같다. 그것은 성적(性的)으로 다 성장한 한 개체가 찬란한 꽃과 봄 앞에서 느끼는, 그리움 같은, 애잔하고도 막막한, 그 기원을 알수 없는 슬픔이리라.

화자는 차 오른 성애(性愛)로 잠깐 동물적인 쾌감을 느끼나 그것이 곧 "아찔한 벼랑!"임을 깨닫는다. 온몸이 그 벼랑에 걸린 "출렁다리 흥분되듯" 흥분되자 정체가 흔들리는 것도 느낀다. 성은 화자의 단정한 탑을 "출렁다리"처럼 흔들어 놓은 것이다. "환장할" 것 같다. 그렇더라도 화자는 "언제 한번 이런 섹시한 만남이 있었던가" 하고 묻는다.

화자가 이렇게 성을 느낀 것은 꽃에서만은 아니다. 그는 술집에서 "양은 주전자"와 "술잔의 궁합"(「술 한 잔의 풍경」)을 보면서 또 다른 음양의 조화를 발견한다. 예사롭지 않다. 그 주전자의 주둥이와 술잔은 "섹시한" 만남이라고 충분히 암시를 준다.

양은 주전자 날렵한 주둥이에 끌리는
술잔의 입맞춤
시름도 동그런 술잔에 담긴
한 잔 술의 출렁임 아니던가

퀄 퀄 퀄 봇물처럼 넘치는 술잔

"양은 주전자 날렵한 주둥이"는 양(陽) 즉 남성이고, "술잔"은 음(陰) 즉 여성이다. 프로이트라면 이 둘이 곧 성기(性器)의 모양이라는 희한한 설명을 갖다 댈 것이다. 화자가 부러워하는 것은, 이 음양의 소통이 "퀄 퀄 퀄 봇물처럼 넘쳐" 큰 생명을 잉태할 것이라는 확신이다. 그것이 곧 대길(大吉)이 아니겠나.

차승진은 과일을 먹을 때에도 성적(性的)인 것을 느낀다. "둥근 접시에 담아온 과일을/은빛 포크로 찍어 입에" 넣을 때, 그 맛은 "그녀의 심성처럼 부드러운 속 살"(「과일을 먹으며」)의 맛이라고 한다. 여기에도 분명 성애의 달콤함이 있다. "그녀의 심성처럼 부드러운 속 살"은 과일의 속살만이 아니라 그녀의 속살도 이야기한다. 결국 여기서는 세 가지가 다 감미롭다. 과육이 그런 것은 물론이고, "그녀의 심성"이 그렇고, 그런 것들보다 그녀와 연관된 성애("속살")가 더욱 그렇다.

"까만 눈동자의 앙증맞은/너의 심장!"도 같은 맥락이다. 일차적으로는 과일을 두고 하는 말 같지만 그것은 거죽만 말하는 것에 불과하다. 화자는 콩닥거리는 "너의 심장!"을 느낄 만큼 객체

와 밀착하여 있고, 그것과 감미로운 박동을 함께, 동시에 체험한다.

그의 시를 기법 차원에서 보면 재미있는 것이 발견된다. 제일 먼저 눈에 띄는 것이, 사랑의 감각이 맛의 감각과 겹쳐져 서로를 대신한다는 점이다. 참 특이하다. 이른바 공감각(synesthesia)이다. 만약 어떤 색깔에서 어떤 소리를 느낀다면 그것을 공감각이라고 한다. 시각, 청각, 미각, 촉각 등이 다른 감각으로 느껴질 때를 말한다. 「소리를 만지는 정우」를 보자.

소리를 듣는 피아노
앞에서

소리를 만지는
…

소리를 만지는
예쁜 정우의 손가락 사이로

팔랑팔랑 나비가
날고

보송보송 구름이
일고

빨강, 노랑, 보랏빛
무지개 되고

정우의 예쁜 손가락은 소리를 만진다. 물론 피아노 치는 예쁜 손을 이야기한 것이겠지만, 손을 언급한 것은 그 음이 손처럼 하얗고 귀엽다는 뜻이리라. 그 음은 "팔랑팔랑 나비" 모양으로 날고, "보송보송 구름" 모양으로 일고, "빨강, 노랑, 보랏빛"의 "무지개"로 뜬다. 이 공감각을 통해 이 시는 오감의 경계가 사라진다. 따라서 이 시를 쓰거나 읽는 사람은 감각적으로 하나의 통합적인 감각만 느끼는 원초적 인물이 된다.

차승진의 시를 읽는 재미는 그가 헤집고 뒤집어서 보여주는 일상의 뒷면을 보고 즐기는 데에 있다. 그것은 늘 보던 일상과는 다른 모습이다. 관습으로 닳았거나 식상하지 않은, 생생하고 보드랍고 앳된 모습이다. 사물이 태어날 때의 본연의 모습 그대로이다. 차승진은 이 시집을 통해 그것을 조심스럽게 또 정갈하게 찾아 나선 것이다.

아내의 꽃밭
차승진 지음

발 행 처 · 도서출판 청어
발 행 인 · 이영철
영　　업 · 이동호
홍　　보 · 천성래
기　　획 · 남기환
편　　집 · 방세화
디 자 인 · 이수빈
제작이사 · 공병한
인　　쇄 · 두리터

등　　록 · 1999년 5월 3일
(제1999-000063호)

1판 1쇄 인쇄 · 2019년 11월 10일
1판 1쇄 발행 · 2019년 11월 20일

주소 · 서울특별시 서초구 남부순환로 364길 8-15 동일빌딩 2층
대표전화 · 02-586-0477
팩시밀리 · 0303-0942-0478

홈페이지 · www.chungeobook.com
E-mail · ppi20@hanmail.net
ISBN · 979-11-5860-706-7(03810)

본 시집의 구성 및 맞춤법, 띄어쓰기는 작가의 의도에 따랐습니다.
이 책의 저작권은 저자와 도서출판 청어에 있습니다.
무단 전재 및 복제를 금합니다.

이 도서의 국립중앙도서관 출판시도서목록(CIP)은 서지정보유통지원시스템 홈페이지
(http://seoji.nl.go.kr)와 국가자료공동목록시스템(http://www.nl.go.kr/kolisnet)
에서 이용하실 수 있습니다.(CIP제어번호: CIP2019043641)